SE TROUVE **A PARIS**, CHEZ

MONGIE, Libraire, boulevard Poissonnière, n° 18.
VÉRET, Libraire, rue des Francs-Bourgeois-S.-Michel, n° 3.
DELAUNAY, Libraire, Palais Royal, galeries de bois, n° 243.

ÉPITRE

A

CASIMIR DELAVIGNE,

SUR SES OUVRAGES;

PAR GUSTAVE DROUINEAU.

PARIS,

DE L'IMPRIMERIE DE L.-T. CELLOT,

RUE DU COLOMBIER, N° 30.
1823.

Charmé des ouvrages de M. Casimir Delavigne, je n'ai pu résister au besoin de lui exprimer tout le plaisir qu'ils m'ont fait éprouver.

Jeune, livré à des études sérieuses, ne cultivant la poésie que par délassement, j'ai peut-être quelques titres à l'indulgence.

ÉPITRE

A CASIMIR DELAVIGNE.

Oui, le dieu dont Claros adora la puissance
D'un long regard d'amour accueillit ta naissance;
Mnémosyne, à sa voix, d'un immortel rameau
Vint, des Muses suivie, ombrager ton berceau;
Un doux frémissement dans l'air se fit entendre;
Et le cygne amoureux, aux rives du Méandre,
Déployant sur les flots son plumage argenté,
Chanta, brillant de vie et beau de volupté.
« Mon fils, dit Apollon, je le veux, sois poëte,
Sois de la vérité l'inflexible interprète,
Et que la voix du temps aux siècles à venir
De tes nobles travaux porte le souvenir. »

Pardonne, ô Casimir, pardonne à mon audace,
Si j'ose révéler les secrets du Parnasse;

Mais je vois tous les jours l'oracle s'accomplir,

Et par d'heureux succès ta muse s'ennoblir ;

Je t'ai vu, célébrant nos annales guerrières,

Suspendre tes lauriers à nos vieilles bannières :

Pour la patrie en deuil tu réclamas des pleurs ;

Tu gémis sur le sort de nos fiers défenseurs,

Qui vingt ans ont bravé, vaincu l'Europe entière,

Et de gloire lassés dorment dans la poussière.

Alors leur ennemi, *frappé de tant d'exploits,*

Les regarda sans peur pour la première fois [1].

Oh ! comme ton langage est doux à mon oreille !

Quels nobles sentimens en mon âme il réveille !

Quels transports !... Mais d'où vient qu'une sombre douleur

De tes vers éloquens a passé dans mon cœur ?...

Des Anglais, des Germains je revois les cohortes.

Du Louvre, qui s'indigne, ils franchissent les portes,

Et mutilent l'honneur de ses vivans lambris,

Sous les yeux des Français, au milieu de Paris [2] !

Ils ont fui loin de nous ; et l'air que je respire

Est pur comme les vers qui tombent de ta lyre.

Ralliez-vous, Français ! soyez toujours unis ;

Vivez libres, heureux, ils seront trop punis ;

[1] Iere Messénienne. — [2] IIe Messénienne.

Et si, du despotisme odieux satellites,

Ils osent insulter, envahir nos limites,

S'ils dévastent nos champs de leur foule couverts,

Ils reverront Paris... Comment ? Chargés de fers [1].

Sur un mode plaintif ta voix harmonieuse

Célèbre d'Orléans l'héroïne pieuse.

Des champs de Vaucouleurs elle a fui le repos,

Elle vient ; devant elle inclinez-vous, drapeaux !

Entourez-la, guerriers ! elle est femme, elle est belle ,

Vous êtes tous Français, et vous vaincrez par elle ;

Elle a dit : Vous vaincrez ! La victoire est à vous.

Le fer brille ; et l'Anglais n'ose attendre vos coups.

Suivez ses pas... O Reims, ouvre-lui ton enceinte !

Pontife, orne l'autel, prépare l'huile sainte !

Honneur à vous [2] !... Pourquoi cette morne pâleur,

Ces fronts cicatrisés, courbés sous la douleur ?

Pourquoi ?... *Silence au camp ! la vierge est prisonnière.*

Debout sur le bûcher, l'intrépide guerrière,

Le front calme et serein, les yeux levés au ciel ,

A demi consumée, invoque l'Éternel.

Bedfort, en pâlissant, sourit à sa souffrance.

Elle expire... et sa voix prie encor pour la France [3].

[1] IIIe Messénienne. — [2] Iere Messénienne sur Jeanne d'Arc. —
[3] IIe Messénienne sur Jeanne d'Arc.

Que fais-je, téméraire ? Épris du même objet,
Je fane, en les touchant, les fleurs de ton sujet.
Tel un jeune guerrier, d'un œil brillant d'audace,
Contemple d'un héros, cher au dieu de la Thrace,
Le glaive belliqueux, protecteur des humains,
Le soulève... le fer s'échappe de ses mains.

Mais le plaisir m'entraîne, et je vole au théâtre,
Où se presse à longs flots un public idolâtre.
J'admire Procida ; ses tragiques fureurs
Croissent de scène en scène, enflamment tous les cœurs.
O Lorédan, Montfort, que d'amitié vous lie !
Ah ! pourquoi tous les deux aimez-vous Amélie ?
Lorédan, sous tes coups ton ami va périr ;
Égaré par l'amour, tu juras d'obéir.
Le voici... frappe donc !... Il pâlit, il frissonne ;
Il croyait le haïr... mais il cède, il pardonne...
Tu l'épargnas en vain... Ciel ! tu l'as immolé !
Tu meurs ! Palerme est libre ; et mes pleurs ont coulé[1].

Accours en souriant, viens, folâtre Thalie,
Viens dissiper l'excès de ma mélancolie ;
Trace-moi des foyers les intrigues, les mœurs ;
Peins Victor essuyant le mépris des acteurs,

---

[1] Les Vêpres siciliennes.

Son amour, ses ennuis, et son premier ouvrage
Des spectateurs émus entraînant le suffrage.
Lucile, de plaisir ton cœur a palpité,
Et dans le mien renaît une douce gaîté [1].

L'illusion s'enfuit; à mes regards tout change.
L'Indostan m'a reçu; je vois les flots du Gange.
Non loin de Bénarès, sous des palmiers épais,
Des heures du matin je respire la paix.
Quel intérêt touchant ton Idamore inspire!
Il est né paria; contre lui tout conspire,
Tout, jusqu'à son bonheur... Mais ses terribles mains
De la guerre souvent ont fixé les destins,
Mais du joug de l'Europe il sauva sa patrie,
Mais il est homme, il aime avec idolâtrie;
Par de hautes vertus son cœur se signala;
Son malheur trouva grâce aux yeux de Néala!
Qu'aurait-il fait de plus, si, de race divine,
Il eût dû la naissance à l'hymen d'un bramine?
Il meurt!... Avec Zarès Néala fuit ces lieux;
Akébar en gémit... *Pontife, il est des dieux* [2]!

Comme au flambeau sacré de la philosophie
Dissipant les erreurs que l'orgueil déifie,

[1] Les Comédiens. — [2] Le Paria.

Tu fais en tes tableaux parler la vérité !
Que j'aime leur fraîcheur et leur fidélité !
Quel feu ! que d'éloquence anime ton ouvrage !
De la société c'est la vivante image.
Parmi nous, Casimir, s'il est trop peu d'Alvars,
Il est des Empsaëls, il est des Akébars,
Il est des parias... Trahis par la fortune,
Leur amitié flétrit, leur prière importune,
Leur aspect est impur ; on l'évite, et leurs yeux
De loin semblent lancer des traits contagieux.
Parmi nous on connaît l'orgueil de la naissance ;
Aux caprices des grands on y vend l'innocence ;
Et l'arbitre des lois, dans nos conseils assis,
Sur le front du pouvoir va chercher ses avis.

Grèce, écoute ces chants! C'est l'âme de Tyrtée,
Qui de tes longs malheurs s'éveille révoltée.
En vers impétueux entends-tu sa douleur
Appeler aux exploits ton antique valeur [1] ?
Sous les murs de Coron il a vu le lévite,
Pleurant des saints autels la liberté proscrite,
Au calme de la nuit, aux flots silencieux
Confier de son luth les sons religieux.

[1] Les nouvelles Messéniennes.

Un coup part... Dans les airs *l'hymne pieux expire*,
Et le luth sur les eaux en surnageant soupire.

Chassez la liberté de vos vastes états,
Mais aux bords étrangers ne la poursuivez pas,
O rois, elle s'enfuit à l'aspect de vos armes.
Elle fuit! Parthénope a dévoré ses larmes.
—Où vas-tu?—Dans la Grèce.—Hélas! comme en ce lieu
On peut céder au nombre.—Oui, mais on meurt! Adieu[1]!

Guerre aux tyrans, soldats! Que ce cri retentisse!
Que l'enfant, que la vierge à vos efforts s'unisse!
Vieillard, dans les combats va terminer tes jours...
—Mais l'ennemi renaît.—Il faut vaincre toujours!
Si vous fuyez, pour vous il n'est plus de patrie:
Esclaves, votre gloire est à jamais flétrie.
La victoire ou la mort! Imitez vos aïeux.
Mourir pour son pays, c'est conquérir les cieux!

Ah! ne condamne pas mes transports, mon délire!
Casimir, si mes mains ont profané ta lyre,
Va, j'en suis trop puni. Sous mes doigts impuissans
Ta lyre ne rend plus que de faibles accens.

[1] Parthénope et l'Étrangère.

Renonce, me dit-on, aux succès, à la gloire ;

Malheureux, laisse là les filles de mémoire ;

Vis ainsi que vivaient nos innocens aïeux,

Grands guerriers, bons vassaux, mais fort peu curieux.

Eh ! dis-moi, qu'a produit cette soif de science,

De s'immortaliser l'avide impatience,

De tant de manuscrits l'amas prodigieux ?

— Des lumières. — L'éclat n'est pas fait pour nos yeux.

Le peuple a-t-il besoin qu'on l'instruise et l'éclaire ?

Que lui font les écrits de Rousseau, de Voltaire ?

Il n'apprend qu'à se plaindre ; en ce siècle maudit

Les oracles du ciel ont perdu leur crédit.

Pour vivre plus heureux, vivons dans l'ignorance ;

Le bonheur ici-bas est dans la dépendance.

— Non, non, l'homme est né libre ; il veut la vérité,

Il veut des rois clémens, des lois, la liberté.

Le savoir, dites-vous, et la philosophie

Sont des nectars trompeurs, ils enivrent la vie.

Modérez-en l'usage, et réglez vos désirs :

Ce qui trouble vos jours en fera les plaisirs.

Le plus parfait bonheur est-il exempt de larmes ?

En travaillant, je goûte un tourment plein de charmes,

Et, berçant nos ennuis par d'utiles travaux,

L'étude, après l'amour, est le meilleur des maux [1].

---

[1] Epître à MM. de l'Académie française.

Du Permesse, il est vrai, l'accès est difficile;
Un écrit réussit, mais il en tombe mille;
Et lorsqu'un jeune auteur, par son zèle entraîné,
Veut produire au public un œuvre nouveau né,
Et braver les clameurs du monde littéraire,
Pour l'acheter à peine il rencontre un libraire.
On l'attaque; et bientôt des censeurs pointilleux
Trouvent un vers impie, un mot séditieux,
De deux expressions punissent l'alliance,
Et traînent, sans pitié, sa muse à l'audience.

Mais sais-tu, Casimir, pourquoi tes beaux écrits,
Dès leur brillante aurore ont charmé tout Paris?
Pourquoi de tous côtés les lecteurs les demandent,
Et dans l'Europe entière à l'envi les répandent?
C'est que, vrais, naturels, élégans sans fadeur,
En séduisant l'oreille ils vont toucher le cœur.
Tes vers, des préjugés secouant les entraves,
D'un ministre jamais ne rampèrent esclaves.
L'amour de ton pays, l'humanité, nos droits,
L'opprimé sans secours, nos malheurs, nos exploits,
Voilà, voilà des chants qui parlent à nos âmes;
Des vertus, de l'honneur ils nourrissent les flammes;
Ils sont de tous les temps; et la postérité
Les consacre, vainqueurs, à l'immortalité.

Mais qui peut t'arrêter? Cours à d'autres conquêtes.

Apollon a pour toi des palmes toujours prêtes.

Ne crains pas les discours de tes sots ennemis;

Prends ta lyre; à tes pieds tu les verras soumis.

Que t'importe, après tout, la fureur de l'envie?

Le chêne, jeune encor, plein de séve et de vie,

Des vents qu'il a vaincus aime à braver les coups,

Se plaît dans la tempête, et rit de son courroux.

Pour moi, plante débile et jouet de l'orage,

Que ne puis-je grandir sous ton noble feuillage,

Appuyer ma faiblesse à tes bras glorieux,

Te suivre dans les airs et monter vers les cieux!